Enzo et Emma sont cousins et adorent passer leurs vacances chez leur grand-mère Mamita. Ils y vivent à chaque fois des aventures passionnantes depuis qu'ils ont découvert le mystérieux coffre de leur arrière-arrière-grand père, le célèbre archéologue Gaston Toulmouche...

En fait, c'est une histoire un peu incroyable : Gaston avait créé, il y a fort longtemps, le musée énigmatique du Savoir Universel. C'est là qu'il rassemblait tous les objets un peu insolites qu'il trouvait dans ses fouilles d'archéologue. Mais il n'a pas eu le temps d'étudier tous ses trésors.

Et un jour, Gaston – ou plutôt son portrait ! – demande aux enfants de finir son travail... Ils doivent donc partir dans le passé et vivre des aventures souvent dangereuses. Mais heureusement, Gaston donne à Enzo et Emma tous les indices utiles.

## Chapitre 1

# Mystère dans le grenier

- Enzo... Enzo... Enzoooooo ! hurle Emma en dévalant les escaliers. Enzo ! Viens voir ce que j'ai trouvé dans le grenier de Mamita. C'est super bizarre.

Je suis en train de lire Emma, lui répond son cousin Enzo.

- Où ?

- Dans la bibliothèque.

- Encore ! Tu ferais mieux de venir voir ce que j'ai trouvé.

- Ouais... quand j'aurai fini mon livre.

- C'est quoi comme livre ?

THE

- Un truc en anglais

- Et il te reste combien de pages ?

- Pas plus de 357.

- Et là, plus rien du tout ! dit Emma qui surgit derrière le fauteuil de son cousin en lui prenant le livre des mains. Je te rendrai ce vieux truc quand tu seras venu voir mon trésor.

Emma et Enzo montent en vitesse au grenier. Ils sont en vacances chez leur grand-mère, plus connue sous le nom de « Mamita »... et pour Emma, le grenier est un vrai paradis. Aujourd'hui, elle y a découvert un coin vraiment bien caché, derrière une vieille porte d'armoire et un matelas plein de trous. En fait, pour être honnête, c'est plutôt Philou, le chat de Mamita qui lui a montré le chemin. Il s'est glissé dans un petit passage, et c'est en allant le chercher qu'Emma a visité ce petit coin de grenier qu'elle ne connaissait pas encore.

- Regarde Enzo, j'ai trouvé ça coincé derrière un tas de vieux meubles. Philou se frottait contre ce tableau comme si c'était quelqu'un de vivant !

Emma montre à son cousin le portrait d'un homme, pas très jeune, et habillé comme autrefois. Il pose devant ce qui ressemble peut-être à des vitrines d'un musée.

- C'est un vieux portrait. Je me demande qui c'est, dit Enzo.

- T'as vu son chapeau, on dirait un archéologue.

- En tout cas, il a une bonne tête.

- Moi, je trouve qu'il est un peu bizarre l'archéologue du grenier. Tu as vu son regard, on dirait qu'il nous suit.

- C'est souvent le cas pour les portraits.

- Oui mais là, on dirait aussi qu'il veut parler, ajoute Emma.

- Ma chère cousine, tu deviens dingote avec l'âge.

- Non, regarde, on dirait qu'il veut nous dire quelque chose.

- Tu as raison. C'est bizarre. Allons montrer ça à Mamita.

Avec précaution, Enzo et Emma descendent le portrait de « l'archéologue du grenier » pour le montrer à leur grand-mère.

- Regarde Mamita ce qu'Emma a découvert dans le grenier.

- Vous l'avez retrouvé !

- Il était bien caché, répond Emma. Qui est-ce ?

- Ça me fait plaisir de le revoir. Ça fait si longtemps. Ce monsieur s'appelle Gaston Toulmouche, et c'est mon grand-père. Il était archéologue et l'un des éminents membres fondateurs du musée énigmatique du Savoir Universel. Il m'a emmenée dans certaines de ses expéditions quand j'étais petite.

- Dis, Mamita, demande Emma, il y a un truc bizarre dans ce portrait...

- Ah oui... répond Mamita avec un air étrange.

- On dirait qu'il veut parler, ajoute Enzo.

- J'ai toujours eu cette impression aussi. Il y avait aussi une chose très curieuse. Vous voyez, dans le portrait, mon grand-père porte un chapeau. He bien, quand j'avais votre âge et que je m'amusais à mettre ce chapeau sur ma tête, j'avais toujours l'impression de faire un rêve et de partir en voyage. Cherchez, vous allez certainement le trouver là-haut. Profitez-en pour remonter le portrait au grenier. Nous le redescendrons quand je l'aurais dépoussiéré.

## Chapitre 2

# Un chapeau et plus encore !

Emma et Enzo retournent donc au grenier, avec Gaston, pour dénicher ce fameux chapeau. Philou les accompagne de bon cœur car il espère sans doute chasser une bonne souris dodue pour son dîner.

- Ça y est, Emma, j'ai trouvé !

- Oui, c'est ça... Exactement le même chapeau que sur le tableau. Bonjour monsieur le chapeau de Gaston, quoi de neuf depuis tout ce temps ?

- Tu sais Emma, les chapeaux ne parlent pas.

- Peut-être pas les chapeaux... dit une voix inconnue qui n'est ni celle d'Emma, ni celle d'Enzo.

- Qu'est-ce que tu dis, Emma ?

- Rien, Enzo, je croyais que c'était toi qui parlais !

- Bonjour les enfants, ça fait du bien de parler à des gens. Philou est bien gentil, mais sa conversation est limitée.

- Qui parle ? demandent en chœur Enzo et Emma.

- C'est moi, Gaston Toulmouche, dit une voix qui vient du portrait.

- Le Gaston... du portrait ? demande Enzo.

- Qui d'autre à ton avis, jeune garçon ? Comment t'appelles-tu ?

- Je, je, je... m'appelle Enzo...

- Quel nom bizarre ! Ça n'existait pas à mon époque, des noms comme ça, répond le portrait. Et la jeune fille qui est avec toi ?

- C'est ma cousine et elle s'appelle Emma.

- Et vous êtes qui dans cette maison ?

- Nous sommes les petits-enfants de Mamita. Et Mamita, c'est ta petite-fille.

- Les petits-enfants d'Hortense ! Eh bien, je suis content de vous voir car vous allez m'aider.

Et Gaston raconte aux enfants, qu'autrefois, du temps de son vivant, quand il pouvait vaquer normalement à ses occupations, il était archéologue et enrichissait les très belles collections du musée énigmatique du Savoir Universel qu'il avait créé avec un ami. Ils étaient tous jeunes à l'époque ! Dans ce musée, ils rassemblaient donc des objets insolites et historiques. Enzo et Emma lui annoncent avec fierté que ce musée existe toujours et qu'ils adorent y aller. Et Gaston explique alors aux enfants ce qu'il attend d'eux :

- Dans cette maison, il faut que vous retrouviez une grande malle verte sur laquelle mon nom est gravé. À l'intérieur, vous allez chercher un certain nombre d'objets dont je n'ai pas pu trouver l'origine et l'histoire. Pour chacun de ces objets, j'ai pris des notes et rassemblé des indices. Vous verrez, toutes les informations sont rangées dans des dossiers et tous les objets sont parfaitement étiquetés.

- Je crois que j'ai déjà trouvé les dossiers en fouillant dans les vieux placards de la bibliothèque. Mamita a horreur que je mette le nez dans ces coins pleins de poussière ! dit Enzo.

- Je les avais rangés dans les trois tiroirs les plus bas, situés à gauche de la cheminée, précise Gaston.

- C'est bien là ! Je vais les chercher et les monter au grenier. On va y installer un coin spécial où nous mettrons toutes les affaires de Gaston.

- Maintenant, à vous de trouver la malle. Je vous raconterai ensuite ce qu'il faut faire.

## Chapitre 3

# Une mission incroyable !

Enzo et Emma n'ont jamais vu cette malle. Mais, la maison de Mamita est grande. Il faut donc aller voir partout. Rien au grenier, rien dans l'appentis, rien dans la chambre qui ne sert à personne, rien sous l'escalier... il reste juste la cave à fouiller. Personne n'y va jamais et sa porte est même bloquée par un meuble depuis des années ! Emma et Enzo poussent ce vieux buffet, rentrent dans la cave et dérangent un peu les araignées. Leurs toiles sont si grandes et épaisses qu'elles gênent vraiment le passage.

- Beurk, j'en ai plein les cheveux, dit Emma. J'espère que nous allons trouver la malle ici.

- On fait vite, répond Enzo. Commençons par le fond.

- Oh attends, je crois que ce n'est pas la peine d'aller si loin !

- Tu vois ce que je vois ?

- Bien sûr, mon cher cousin... une malle d'une couleur indéfinissable.

- Et que lis-tu sur le couvercle ?

- « Gaston Toulmouche, archéologue ». Il faut monter ce coffre jusqu'au grenier.

- Oui, mais discrètement ! Mamita va se demander ce qu'on bricole encore.

Arrivés dans le grenier, les enfants vont voir Gaston – ou plutôt son portrait ! – pour lui annoncer qu'ils avaient rempli la première partie de la mission. C'est alors que Gaston leur explique ce qu'il attendait d'eux.

GASTON
TOULMOUCHE
archéologue

- Les enfants, les choses sérieuses peuvent commencer ! Dans ce coffre, j'ai rassemblé des objets que j'ai découverts dans mes recherches. Ils n'ont jamais pu rejoindre les collections du musée. C'est donc vous qui allez continuer mes enquêtes.

- C'est super, dit Emma.

- Mais comment on va s'y prendre ? ajoute Enzo, inquiet.

- Alors, c'est simple... et pas simple à la fois. Vous allez commencer par le premier dossier, il porte le numéro 1919-01.

- Voilà, répond Enzo, c'est le premier de la pile !

- Oui, mon garçon, j'ai toujours eu beaucoup d'ordre. Maintenant, ouvre ce dossier. Que lis-tu ?

- « Anne de Bretagne : l'apothicaire de Dinan ». Il y a un chiffre écrit en rouge à côté.

---

**Qu'est-ce qu'un apothicaire ?**

Depuis la haute antiquité, l'apothicaire est celui qui est chargé de fabriquer et vendre les médicaments. Au Moyen Âge, il doit avoir une boutique s'il ne veut pas être considéré comme un charlatan. Il fait sa formation sous forme d'apprentissage et bénéficie donc du savoir que son maître lui transmet.

C'est au 18e siècle, à l'époque de Louis XVI, que les apothicaires deviennent des pharmaciens.

---

- C'est le numéro de l'objet qui correspond à cette énigme. Cherche dans la malle le paquet dont l'étiquette porte ce numéro.

C'est Emma qui se charge de découvrir le paquet mystérieux. C'est une boîte en bois, fermée par une ficelle épaisse. Elle trouve divers objets à l'intérieur : les morceaux d'un objet en faïence, un bout de fer, une sorte de marteau, et d'autres choses encore !

- Et qu'est-ce qu'on fait maintenant ? demande Emma et Enzo en même temps.

- Prenez bien le temps de lire toutes les informations que j'ai rassemblées dans le petit dossier, et ensuite, c'est là que ça se complique.

Lot

n°1919-01

**Lieu de découverte :**
remis par Monsieur Mettrie, pharmacien à Dinan

**Découverte du lot :**
Monsieur Mettrie explique que cet ensemble d'objets insolites est dans sa famille depuis des générations. On lui a toujours dit que cela avait un rapport avec la duchesse Anne de Bretagne. Il n'en sait pas plus.

**Descriptif du lot :**
Le don de Monsieur Mettrie se compose d'une caisse en bois ancien comprenant les éléments suivants :
- Un message secret.
- Un plan de Dinan.
- Les morceaux d'un pot en faïence ; 7 au total.
- Une ferrure de 25-30 cm de long, présentant deux points d'attache et deux points de suspension.

- Un pot et un pilon en étain.
- Une plaque de métal dont le texte est peu lisible.

## Descriptif et croquis des différentes pièces :

a) Le message secret :

« 7n ch4v3l54r, l4 j67r d'7n c6mb3t, 4st c6mm4 7n 3gn437 s'5l p4rd l3 v74 4t l'6754. 7n r4m4d4 p3rt5c7l54r, l4 g74r5r3, p67rv7 q74 l4 c6mb3t s65t n6bl4. Il s7ff5r3 d4 d4c67vr5r l3q74ll4 d4s gr3nd4s b3t5ss4s r4l5g547s4s d4 l3 v5ll4 p4rm4t d4 r4c6lt4r d4 l'437 c4l4st4, p67r g74r5r l4s 6r45ll4s, 4t l3 p67dr4 d4 p54rr4 d'6r54nt, p67r g74r5r l3 v74. C4l75 q75 c6nn35t l4s p6t56ns s37r3 3l6rs c4 q7'5l f37t f35r4 »

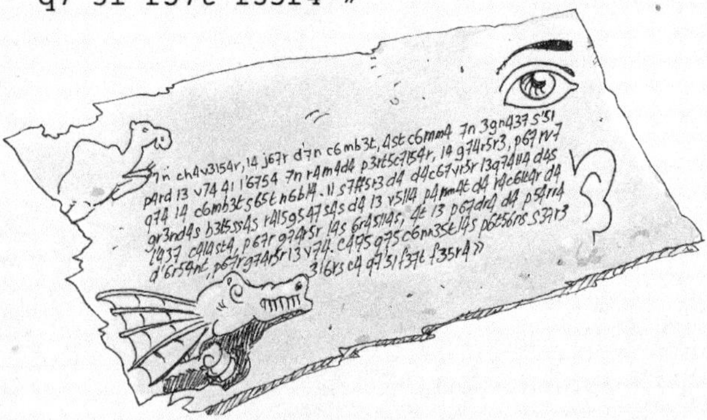

b) Plan de Dinan
avec les édifices religieux
à explorer :

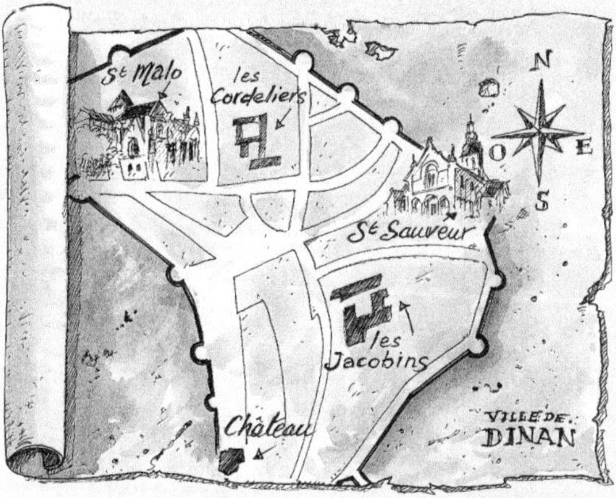


c) Reconstitution
du pot de faïence :

d) Reconstitution de l'objet
métallique :

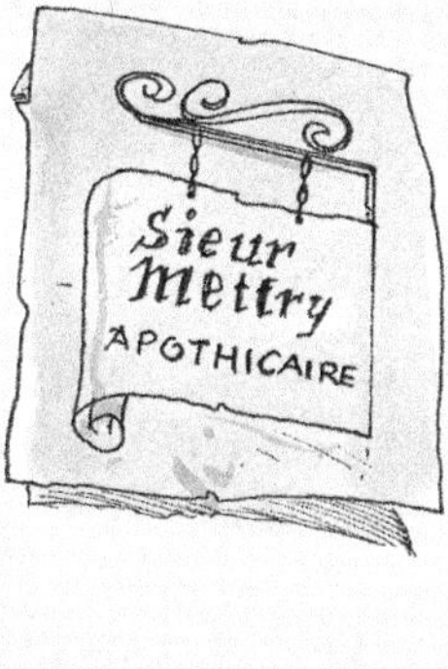

- On n'y comprend pas grand-chose, dit Enzo.

- On n'y comprend rien ! ajoute Emma.

- Qu'est-ce qu'on peut faire d'ici ? On n'a même pas Internet pour chercher d'autres informations ! se plaint Enzo.

- J'ai mieux à vous proposer, vous allez enquêter sur place.

- Mamita ne nous laissera jamais partir comme ça !

- Mais elle ne se rendra compte de rien puisque vous voyagerez dans le temps.

- Pour qui il nous prend, Gaston ? On n'a plus 5 ans !

- Je vous assure que c'est possible, je l'ai souvent fait.

- Alors, comment ? demande Enzo, curieux.

- C'est très simple. La solution, c'est mon chapeau. L'un de vous le met sur sa tête, vous vous donnez la main, et hop, c'est parti ! Il suffit de penser très fort à l'endroit, et l'époque, que vous voulez rejoindre.

- Et pour rentrer ? demande Enzo, inquiet.

- Il vous suffira de m'appeler !

## Chapitre 4

# Le grand départ

Enzo et Emma ont très envie de tenter cette expérience unique en son genre. Ils ont peut-être un peu peur, mais ça n'est pas suffisant pour les arrêter ! Mais avant de partir, il faut s'intéresser de près au dossier, en particulier au message codé :

*Essaie de traduire ce message... C'est un code assez simple, en fait : a = 3, e = 4, i = 5, o = 6, u = 7, y = 8*

« 7n ch4v3l54r, l4 j67r d'7n c6mb3t, 4st c6mm4 7n 3gn437 s'5l p4rd l3 v74 4t l'6754.

..................................................................................

..................................................................................

7n r4m4d4 p3rt5c7l54r, l4 g74r5r3, p67rv7 q74 l4 c6mb3t s65t n6bl4.

..................................................................................

..................................................................................

Il s7ff5r3 d4 d4c67vr5r l3q74ll4 d4s gr3nd4s b3t5ss4s r4l5g547s4s d4 l3 v5ll4

..................................................................................

..................................................................................

p4rm4t d4 r4c6lt4r d4 l'437 c4l4st4, p67r g74r5r l4s 6r45ll4s, 4t l3 p67dr4 d4

..................................................................................

..................................................................................

p54rr4 d'6r54nt, p67r g74r5r l3 v74.

..................................................................................

C4l75 q75 c6nn35t l4s p6t56ns s37r3 3l6rs c4 q7'5l f37t f35r4. »..............................

..................................................................................

..................................................................................

..................................................................................

..................................................................................

Enzo veut décoder le message puisque la traduction de Gaston est introuvable dans le dossier. Il s'en sort bien, et assez rapidement.

Et voici donc ce que dit le texte une fois qu'on l'a traduit :

*« Un chevalier, le jour d'un combat, est comme un agneau s'il perd la vue et l'ouïe. Un remède particulier, le guérira, pourvu que le combat soit noble. Il suffira de découvrir laquelle des grandes bâtisses religieuses de la ville permet de récolter les cristaux d'eau céleste, pour guérir les oreilles, et la poudre de pierre d'Orient, pour guérir la vue. » Sieur Mettry, apothicaire à Dinan*

- Voilà de quoi ça parle, dit Enzo.

- Ça ne nous en dit pas beaucoup plus ! répond Emma, découragée.

- Mais si, tu vas voir...

- Moi, j'ai envie d'aller me promener là-bas ! dit Emma.

- Moi aussi, on y verra plus clair une fois sur place... ajoute son cousin. Allons chercher le chapeau.

Emma court vite chercher le chapeau qu'elle met sur sa tête. Enzo prend sa sacoche où il met les précieux documents de Gaston et donne la main à sa cousine ; ils se concentrent très fort pour aller « là-bas ». C'est bien sûr le moment que Philou choisit pour sauter dans les bras d'Emma. Et hop, tout le monde est parti pour ce voyage un peu spécial. Au début, les enfants n'ont plus aucune sensation et... pire, ils ont l'impression de ne plus exister du tout, ils deviennent même transparents. Au bout de quelques très très longues secondes, les voilà enfin arrivés « à destination » et habillés, par miracle, avec de beaux vêtements médiévaux, ce qui est plus pratique pour passer inaperçus !

Chapitre 5

# Un ami du 15$^{e}$ siècle !

Ils sont donc tout à coup plongés à Dinan, un jour de grand marché, vers la fin du 15$^{e}$ siècle. Le soleil se lève tout juste, et les premiers marchands s'installent.

- Dis donc, chère cousine, t'es quand même bien plus élégante avec cette robe de damoiselle qu'avec tes éternels pantalons ! dit Enzo.

- Oui, mais c'est moins pratique. Permets-moi de te féliciter pour tes magnifiques leggins ! Tu vas faire fureur !

- Mais, non, personne ne remarquera rien puisque je porte des hauts-de-chausses, très en vogue à l'époque où nous vivons en ce moment.

- Ça serait rigolo si tu en portais tout le temps...

- Même pas en rêve ! Il y a un truc qui m'embête... Je sais qu'on n'aimait pas trop les chats à l'époque où nous sommes tombés. Je ne sais pas trop où cacher Philou.

- Mets-le dans ton sac, à lui de se tenir tranquille... Tu as vu, on se croirait en pleine fête des remparts !

Dinan est une ville connue pour ses remparts qui sont encore presque totalement complets et ont une longueur de 2,7 kilomètres. La première forteresse était une motte féodale en bois datant du 11e siècle. Elle apparaît même sur la tapisserie de Bayeux ! Les remparts et les tours que nous voyons aujourd'hui datent des 13e, 14e [donjon], 15e siècles.

La fête des remparts dont parle Emma a lieu à Dinan tous les deux ans.

---

- Sauf qu'on y est pour de vrai. Il faut qu'on se mette au travail.
- D'accord, par quoi commence-t-on ?
- Un petit tour de la ville pour se repérer.
- Bonne idée ! Tiens, si on faisait un tour de marché pour voir à quoi ça ressemble ? Regarde cette bestiole chez le boucher, qu'est-ce que c'est ?
- On dirait bien un paon, répond Enzo. On en trouvait aux tables des seigneurs autrefois, et des rouges-gorges aussi !

- C'est dégoûtant de manger des jolies bêtes comme ça !

- Tiens, qu'est-ce qui se passe sur cette grande place ?

- Voilà un garçon de notre âge... Eh ! qu'est-ce qui se prépare ici ? demande Emma (qui n'est vraiment pas timide !) au garçon.

- C'est un grand tournoi qui va se tenir ici, à la fin de la journée. C'est mon maître qui combat.

- Et comment s'appelle ton maître ?

- C'est le chevalier d'Avaugour. J'ai l'honneur d'être son page.

**Le page**

Au Moyen Âge, le page est un jeune garçon noble confié à un seigneur.

Il quitte sa maison et sa famille à l'âge de 7 ans et rejoint le seigneur que ses parents ont choisi.

Le page aide son maître pour s'habiller, le sert à table, lui prépare son cheval...

En échange, le maître apprend au jeune garçon tout ce qu'il doit savoir pour devenir un jour un vrai chevalier : monter à cheval dans les pires conditions, manier les armes, être bien élevé et courtois, savoir se tenir à table...

À 14 ans, le jeune page devient enfin écuyer, et dès 21 ans, s'il en est capable, il peut devenir chevalier.

- Et toi, comment t'appelles-tu ? demande Emma.

- Hugues. Et vous deux ?

- Enzo et Emma.

- Mais de quel pays venez-vous pour avoir un nom si bizarre ?

- Nous venons de... de pas très loin, répond Emma qui ne sait pas trop quoi dire. Alors, Hugues, c'est quoi ce combat ?

- Un combat difficile... C'est très compliqué...

## Chapitre 6

# Le tournoi impossible

Hugues explique toute l'histoire à ses nouveaux amis. Le vieux comte Jean d'Arguenon a décidé qu'il épouserait la toute jeune Anne de Bretagne. Il a beaucoup d'argent, beaucoup de terres et aimerait bien unir sa fortune à la future duchesse de Bretagne. Mais la jeune Anne, qui a tout juste 14 ans, et un sacré caractère, refuse absolument d'être fiancée à ce vieillard qui pourrait être son arrière-grand-père.

## Les fiancés et maris d'Anne de Bretagne...

Anne de Bretagne [1477-1514] est connue pour avoir été la plus célèbre des duchesses de Bretagne. Comme elle était l'héritière d'une province très importante, de nombreux rois et princes ont voulu l'épouser.

Elle a donc été fiancée, entre autres, à :

- Édouard IV, roi d'Angleterre, à l'âge de 4 ans !
- Henri VII d'Angleterre.
- Maximilien I$^{er}$ d'Autriche.

Elle a été finalement mariée à deux rois de France :

- Charles VIII, mort après sept ans de mariage.
- Louis XII.

Et c'est ainsi qu'elle hérita des titres de reine de France, archiduchesse d'Autriche, reine des Romains, reine de Sicile et de Jérusalem, duchesse de Milan...

Elle a donc demandé à son fidèle chevalier, qui est à son service depuis sa naissance, d'aller défendre son honneur et de provoquer le Sieur d'Arguenon en tournoi. Si le chevalier d'Avaugour gagne, tout va bien ; s'il perd, elle trouvera bien une autre idée !

- Où est le problème ? demande Enzo, il y a plus de chance que le jeune chevalier gagne contre le vieux comte.

- Oui, si la situation était normale, mais il y a un problème. Depuis hier, le chevalier d'Avaugour ne voit plus rien et n'entend plus rien.

- Il est malade ? demande Enzo.

- Non, il est plutôt victime d'un maléfice. Je l'ai emmené chez l'apothicaire qui n'y comprend rien. Nous sommes ensuite allés chez la bonne femme qui vend des herbes et d'autres choses curieuses, et là, elle m'a juste donné un vieux bout de papier où elle a dessiné un œil et une bouche. A moi de me débrouiller avec ça ! dit Hugues en montrant le papier.

- C'est bizarre, dit Enzo, j'ai l'impression d'avoir déjà vu ces deux dessins quelque part !

- Mais oui, dit Emma, ils sont aussi sur le message codé !

- Mais de quoi parlez-vous ? s'inquiète Hugues.

- D'un texte mystérieux que nous avons trouvé ; on y voit les mêmes dessins que ceux que tu nous montres.

- Vous n'êtes pas sorciers au moins ? demande Hugues, inquiet.

- Absolument pas ! dit Emma qui commence à rire.

- Moi, dit Enzo, je pense qu'on va pouvoir t'aider. Je te demande juste de ne pas nous demander de tout t'expliquer. Tu ne nous croirais pas.

- Si vous pouvez sauver mon maître, je suis prêt à vous faire confiance.

## Chapitre 7

# L'enquête peut commencer

Les trois enfants commencent à regarder les documents de Gaston. Ils comprennent bien que c'est là que se trouvent la clé du mystère et la solution pour le chevalier d'Avaugour... et donc pour Anne de Bretagne.

- Toi qui connais bien la ville, Hugues, regarde ce plan. On y voit quatre bâtiments.

- Oui, je les reconnais tous. Il y a les deux églises de notre bonne cité, et deux couvents fort prospères.

- Ce qui m'intrigue, dit Enzo, ce sont les deux autres dessins que l'on voit sur notre message. Ils doivent nous être utiles, forcément. On dirait un monstre et un dromadaire. Je ne vois vraiment pas ce que ça veut dire !

- L'animal à bosse me rappelle quelque chose... dit Hugues.

- Tu as vu ça dans un livre ? demande Enzo.

- Non, c'est ailleurs. J'ai l'impression que c'était une sculpture...

- Allons voir les quatre bâtiments, propose Emma qui a envie de se balader, ça va peut-être nous aider.

Les enfants font le tour de la ville et jettent d'abord un coup d'œil aux deux couvents, mais n'y découvrent rien qui soit en rapport avec les fameux indices. Philou apprécie bien la promenade dans la ville et en profite pour escalader les murets, inspecter les gouttières, se glisser dans tous les recoins qu'il croise. Sur une jolie petite place, Enzo remarque :

- Tiens, voici l'échoppe d'un apothicaire qui s'appelle Mettry, comme dans le dossier de Gaston !

- C'est lui qui ne sait plus quoi faire pour mon maître, répond Hugues.

- En connais-tu un autre dans la ville ? interroge Enzo.

- Non, c'est le seul à des centaines de lieues.

**Les unités de mesure au Moyen Âge :**

C'est à la Révolution française que sont le mètre, le centimètre, le millimètre...

Avant, c'était un peu plus compliqué ; voici ce qu'il faut savoir pour s'y retrouver un peu :

- 1 pouce = 3 centimètres
- 1 pied = 12 pouces
- 1 toise = 6 pieds
- 1 perche = 3 toises
- 1 mille = 1000 toises
- 1 ancienne lieue de Paris = 10 000 pieds, soit 1949 mètres.

Ce qui compliquait encore plus les choses, c'est que chaque province de France avait sa propre lieue !

- C'est pas pratique de vivre au Moyen Âge, dit Emma.

- Mais c'est quoi le Moyen Âge ? demande Hugues.

- Oh, rien... c'est une façon de parler entre Emma et moi. Pour l'instant, il nous reste les deux églises à inspecter. Allons à Saint-Sauveur, c'est l'église la plus proche.

## Chapitre 8

# Le mystère s'éclaircit

Les enfants visitent l'église Saint-Sauveur et observent chaque recoin avec beaucoup d'attention. Grâce à Philou, qui est un chat très curieux, ils ont découvert un premier indice : c'est une gargouille qui ressemble à l'un des dessins que Gaston Toulmouche avait reproduits dans le dossier... Ils continuent donc à chercher, sans se décourager, quand soudain, Hugues dit :

- Ça y est, je me rappelle où j'avais vu cette bête qui a une bosse sur le dos...

- Cette bête s'appelle un dromadaire... précise Emma.

- Oui, c'est ça, c'est un dromadaire ! Il est sculpté sur le chapiteau de l'un des piliers, juste derrière le grand portail.

- C'est bizarre qu'on ne l'ait pas vu, dit Enzo.

- Non, en fait, il est dans un coin sombre.

Quand les enfants s'approchent du pilier, il découvre en effet une sculpture bien curieuse... deux dromadaires se regardent, yeux dans les yeux. Enzo et Emma s'étonnent de croiser un tel animal en Bretagne où personne n'a jamais vu de dromadaire brouter dans un pâturage, même perdu au fond de la campagne !

**Toi aussi, tu peux voir ces dromadaires !**

Quand tu entres dans l'église Saint-Sauveur par le grand portail, le chapiteau est situé juste à gauche en entrant.

Pourquoi des dromadaires au milieu de la Bretagne ?

En fait, c'est une promesse... Au 12e siècle, le seigneur Rivoallon le Roux part en croisade et se retrouve prisonnier en Palestine. Il promet que s'il a la chance de retrouver sa terre natale, il y fera construire une église. Il rentre et le chantier de l'église Saint-Sauveur commence. Les dromadaires sont un peu des photos souvenirs de son expédition lointaine.

- Je crois que nous avons découvert les deux dessins que Gaston cherchait. Mais qu'est-ce qu'on fait maintenant ? se demande Emma.

- Je vais reprendre le message décodé, cela va certainement nous aider un peu, répond Enzo.

*« Un chevalier, le jour d'un combat, est comme un agneau s'il perd la vue et l'ouïe. Un remède particulier, le guérira, pourvu que le combat soit noble. Il suffira de découvrir laquelle des grandes bâtisses religieuses de la ville permet de récolter de l'eau céleste, pour guérir les oreilles, et la poudre de pierre d'Orient, pour guérir la vue. Celui qui connaît les potions saura alors ce qu'il faut faire. »*

Les enfants réfléchissent bien et se disent qu'ils vont chercher d'abord où peut bien se cacher « l'eau céleste ».

- « Céleste », qui vient du mot latin « caelum », c'est ce qui a un rapport avec le ciel, dit Enzo, qui a toujours adoré les cours de latin ! Donc, l'eau céleste est forcément en hauteur, près du ciel. Il faudrait aller voir dans la gargouille si l'on ne peut pas récolter un peu d'eau...

- C'est moi qui vais le faire, dit Emma qui aime plus l'escalade que le latin. Il y a trop de monde maintenant, il faut revenir plus tard.

- Oui, répond Enzo, attendons un peu, l'heure du repas peut-être...

- Ce sera le bon moment, dit Hugues.

- Je ferai super vite, ne t'inquiète pas, répond Emma. Il y a un truc qui va nous manquer : c'est une petite bouteille pour ramener l'eau, si on en trouve.

- Je m'en occupe dit Hugues. Et « *la poudre de pierre d'Orient, pour guérir la vue* », qu'en pensez-vous ?

- Moi, l'Orient me fait penser aux dromadaires, dit Enzo.

- Ça, c'est pas bête ! ajoute sa cousine. Allons voir à quoi ça ressemble de près, cette sculpture.

Les trois enfants, toujours accompagnés de Philou, retournent dans l'église. Ils s'approchent du pilier qui les intéresse... mais ils sont trop petits pour aller inspecter le chapiteau. Comme il n'y a personne dans leur coin, Emma monte sur les épaules de son cousin.

- Je vois juste du lichen.

- C'est peut-être ce qui nous intéresse, dit Enzo.

- Fais vite, ajoute Hugues qui fait le guet et trouve la situation un peu dangereuse.

- J'en gratte un peu et je descends.

Emma ramène dans sa main ce qui ressemble à du lichen, mais d'une couleur vraiment pas habituelle. C'est presque aussi violet que de la lavande. Bizarre...

Chapitre 9

# La solution approche…

Les enfants mettent dans un endroit bien propre et bien sec ce qui ressemble à du lichen, mais qui ne doit pas en être. Vers midi, alors que tous les gens sont rentrés chez eux pour manger, Enzo, Emma et Hugues retournent tous les trois à l'église Saint-Sauveur. Agile comme un singe, Emma réussit à monter tout près de l'endroit où est la fameuse gargouille ; ça ne fait pas plus de 4 mètres de hauteur, mais c'est quand même un peu dangereux. Arrivée au bon endroit, elle découvre une toute petite mare remplie d'un liquide étincelant. Elle en remplit la fiole que Hugues avait dénichée.

Les enfants comprennent qu'ils ont découvert quelque chose d'important, mais ne savent pas encore quoi en faire. Ils voient bien que la plante n'est pas ordinaire et que l'eau n'est pas celle qu'on trouve au robinet de la cuisine. Tout cela a forcément une explication et une utilité... ou alors, le message codé n'a aucun sens. Ce qui est faux. Le message les a menés jusque-là. À eux de découvrir ce que ça cache !

- Je pense que le chevalier du message est le chevalier d'Avaugour, dit Enzo, nous avons donc certainement là le moyen de guérir sa curieuse maladie.

- Tout cela est une vraie diablerie, dit Hugues, en colère.

- Moi je crois, répond Emma, que quelqu'un à travers le temps veut sauver ton maître et Anne de Bretagne. C'est ça qui est important !

- Oui, mais je n'aime pas les diableries.

Sieur
mettry
APOTHICAIRE
APOTHICAIRE

- Tant pis, Hugues ! Il faut que ça marche ! dit Enzo, je pense que la bonne idée, ça serait d'aller chez l'apothicaire... c'est bien « celui qui prépare les potions », comme dit le message.

- Mais il n'a rien pu faire,

- Parce qu'il lui manquait certainement quelque chose, allons le voir tout de suite.

Les enfants retournent très vite sur la petite place où se tient la boutique de l'apothicaire. Son nom est celui de l'enseigne du dossier de Gaston Toulmouche. Impossible de se tromper ! Ils décident d'entrer :

- Bonjour, monsieur, dit Enzo.

- Voici un damoiseau qui a une bien curieuse façon de parler ! répond le vieil apothicaire.

- Sieur Mettrie, ces deux personnes arrivent d'une contrée lointaine et ne parlent pas tout à fait comme nous.

- Ça n'est pas grave, Hugues. Je vais certainement comprendre ce qu'ils ont à dire.

- Voilà, monsieur, ce qui se passe. Comme vous le savez, le chevalier d'Avaugour n'est plus en état de combattre.

- Je sais, et je n'ai pas les potions qui sauraient venir à bout de cette maladie.

- Pourquoi ?

- Parce que cette maladie est le fruit d'un maléfice. Les plantes et onguents que je possède ne peuvent rien contre cela.

- Pensez-vous qu'il existe des plantes et des onguents qui guériraient le chevalier ?

- Oui, je connais la science pour les préparer. J'ai le grimoire qu'il faut.

## Chapitre 10

# L'apothicaire sait ce qu'il faut savoir

- Vous avez le grimoire, et nous avons ce qui vous manque ! dit Enzo tout fier.

L'apothicaire regarde les enfants avec étonnement, mais aussi avec plaisir. On avait l'impression qu'il attendait ce moment depuis longtemps. Il partit chercher dans une cave secrète le vieux grimoire qui guérit les maux rares. Au moment où il ouvre le livre à la bonne page, les enfants n'en croient pas leurs yeux. La recette est expliquée dans une langue qu'ils ne peuvent pas comprendre. Même Enzo, qui aime tant les langues étrangères, n'y comprend rien ! Mais ce qu'ils reconnaissent bien, ce sont les quatre symboles... la tête de monstre, le dromadaire, l'œil et l'oreille. Tout est là ! Ils sont donc là où il faut et avec qui il faut.

Une nouvelle surprise les attend. En effet, l'apothicaire redescend une nouvelle fois dans sa cave secrète et remonte cette fois-ci avec un pot d'apothicaire, le même que celui de Gaston, avec le même étrange nom écrit dessus : « auroculus »... Enfin, Enzo finit par comprendre ce que cela voulait dire. En latin, oreille se dit « auris » et œil « oculus ». Ce nom est celui de la potion capable de guérir les yeux et les oreilles.

- Vite, monsieur Mettry, préparez ce qu'il faut ! dit Emma tout excitée. Le combat doit avoir lieu à la fin de la journée. Il faut que le chevalier soit en état pour ratatiner cet horrible comte !

- Laissez-moi au calme et revenez dans un couple d'heures, ça sera prêt.

Les enfants sont impatients, mais bien obligés d'attendre ces deux longues heures. Hugues va voir son maître pour le rassurer. Enzo et Emma profitent de ce moment libre pour aller voir les préparatifs du tournoi. La place est décorée avec des drapeaux portant les blasons des deux combattants. Les gens arrivent de partout pour assister au spectacle. Ils savent que le chevalier d'Avaugour est victime d'un mal étrange et sont bien tristes pour la pauvre Anne de Bretagne qui va être obligée d'épouser le comte d'Arguenon.

- Regarde, dit Emma énervée, le vieux comte d'Arguenon est fier comme un coq ! On dirait qu'il va bientôt lui pousser des plumes !

- Calme-toi, Emma, lui répond son cousin, tu sais bien qu'il ne sait pas ce qui l'attend... il va être surpris.

- Oui, il m'énerve ! Regarde, même son blason est ridicule. On dirait qu'il représente un chien riquiqui qui se lèche les babines.

- Tu exagères, Emma, c'est un loup qui montre les dents !

- Ça lui va bien... pour l'instant !

Le temps est venu de retourner chez l'apothicaire. Hugues est déjà là quand ils arrivent. Il tient dans ses bras le précieux pot qui contient la préparation. Les trois enfants traversent la ville aussi vite qu'ils peuvent, en prenant garde de ne pas être bousculés car il ne faudrait pas casser le pot. Arrivés au logis du chevalier, ils se précipitent à l'étage où ce dernier est debout, en pleine forme, mais juste aveugle et sourd !

## Chapitre 11

# Le maléfice s'éloigne

Hugues pose sur les yeux du chevalier l'onguent qu'il faut. Il dépose ensuite derrière les oreilles la lotion qu'il faut.

- On dirait de la glace, ce que vous me mettez là ! Et maintenant c'est comme du feu ! se plaint le chevalier d'Avaugour qui en a pourtant vu d'autres.

- C'est normal, répond Emma, mais je vous croyais moins douillet quand même pour un chevalier !

- Qui se permet de me parler ainsi ?

- Je crois bien que vous m'avez entendue...

C'est que ça marche notre affaire ! répond Emma qui aime bien se moquer des autres.

- Je n'y vois rien encore !

- Mais arrêtez de vous plaindre un peu ! ajoute Emma.

- Je ne suis pas habitué à ces traitements-là. Moi, ce que je sais faire, c'est aller au combat. Et même la mort ne me fait pas peur.

- Ce qui serait bien aujourd'hui, répond Emma, c'est de ne pas mourir...

- Le vieux d'Arguenon n'a aucune chance contre moi si je retrouve la vue et l'ouïe.

- Et que voyez-vous maintenant, demande Enzo.

- Je vois un gros rat dans ma chambre.

- Je pense plutôt que c'est Philou, notre chat, que vous voyez. Essayez de marcher un peu.

- De ce côté-là, ça va. Hugues, va chercher mon armement, tu vas me préparer.

**L'équipement du chevalier :**

- La broigne : tunique en tissu ou en cuir
- Le gambeson : veste matelassée très épaisse
- Le haubert : c'est la cotte de mailles
- Le plastron : tunique en métal qui protège le torse
- Le surcot : tunique en tissu qui permet d'identifier le chevalier
- Le camail : cagoule en mailles de métal
- Le heaume : casque articulé
- Le gorgerin : protège le cou
- L'écu : c'est le bouclier
- Armes : épée, miséricorde, lance, fauchard, masse d'arme, fléau

Hugues aide donc son maître à enfiler son équipement. Petit à petit, alors que l'heure du tournoi approche, la vue et l'ouïe reviennent complètement au chevalier. C'est le moment que choisit Anne de Bretagne pour entrer dans le logis du chevalier.

- Qui sont donc tous ces gens, jeune page ?

- Des amis.

- Est-ce bien l'heure de les recevoir alors que l'état du chevalier est grave ?

- Ces amis sont aussi les vôtres. Grâce à eux, le chevalier d'Avaugour est guéri et en pleine forme pour sauver votre honneur.

- Bonne nouvelle ! répond Anne de Bretagne, de quelle maison êtes-vous tous les deux ? dit la future duchesse en s'adressant avec autorité à Enzo et Emma.

- D'une bonne maison, répond Emma sur le même ton.

- Et laquelle, peut-on savoir ?

- C'est une fameuse famille que la nôtre ! Nous sommes tous les deux du plus pur sang des seigneurs de... Mamita !

- Mais tu dis n'importe quoi, lui souffle discrètement son cousin.

- Je ne connais pas cette famille-là, répond Anne.

- C'est que vous ne connaissez pas tout ! dit Emma.

- Bon, ça n'est pas bien grave. Le tournoi est pour l'heure ma seule préoccupation. Chevalier, êtes-vous prêt ?

- Oui, Ma Dame, pour vous servir.

- Allons donc montrer au comte d'Arguenon votre belle santé retrouvée ! Il va être étonné.

- Ce qui serait amusant, dit Emma, c'est de lui faire croire au début que vous n'êtes pas guéri...

Le chevalier rejoint donc la grande place où doit avoir lieu le tournoi. Hugues a préparé le cheval, tout est prêt. Les spectateurs s'attendent au pire car ils ne savent pas encore que la situation a changé... Le tocsin sonne. C'est l'heure, enfin ! Les deux pages conduisent leurs maîtres et leurs montures devant la loge d'Anne de Bretagne.

- L'heure est venue de vous affronter, dit Anne. Que le meilleur gagne !

- Ma Dame, je ne suis pas inquiet, répond Jean d'Arguenon. C'est avec l'âge que vient l'expérience. J'ai donc un sérieux avantage.

## Chapitre 12

# Le tournoi décisif

Alors que le comte rejoint le coin d'où il doit donner son assaut, le chevalier d'Avaugour ne bouge pas et reste sur place.

- Eh bien, chevalier, c'est comme ça que tu veux combattre, sans bouger ? Mais peut-être que tu n'entends pas ce que je dis... Ce n'est pas forcément le plus vieux qui a l'ouïe la moins fine !

- Détrompe-toi, comte, je réfléchissais à la façon de te faire tomber, devant la damoiselle de Bretagne et la ville entière !

- C'est maintenant qu'il faut se battre, dit le comte d'une voix inquiète.

Chacun abaisse son heaume, prend position et lance son cheval à pleine allure. Le bruit de leurs sabots emplit toute la place et la clameur du public est assourdissante.

Les lances sont prêtes à porter l'estocade... mais ce sont des combattants aguerris et aucun ne tombe au premier passage, ni au deuxième. Enzo et Emma sont tétanisés. Au troisième passage, le comte tombe brutalement, lourdement, et son armure fait un bruit de casserole.

- Comte, je peux vous tuer.

- Fais ton devoir.

- Non, Chevalier, crie Anne, le comte d'Arguenon a une indignité à payer, et pour cela il doit rester vivant. Il a usé de maléfice pour gagner le combat contre vous, donc contre moi ; il a perdu et je m'en réjouis car je n'en voulais pas pour époux !

- Ma Dame, faites ce qu'il faut, dit le comte d'Arguenon en se mettant à genoux devant Anne de Bretagne.

- Tu n'es même pas digne de nos regards. Attends mes ordres. Pour l'heure, j'ai des gens à remercier. Emma, Enzo... Mon Dieu, quels noms incroyables ! Venez à moi.

- Nous voici, dit Emma sur un ton réjoui et pas du tout impressionné !

- Emma, un peu de respect, dit Enzo, elle sera reine de France un jour !

- Moi, je trouve que ça ferait une bonne copine, répond Emma.

- Enzo et Emma, il faut que je vous remercie. En cadeau pour tout ce que vous avez fait pour moi, je vous propose de prendre le comte d'Arguenon à votre service. Il sellera vos chevaux, préparera vos lits, et fera tout ce que vous lui demanderez.

- Ça, c'est gentil, dit Emma, mais ça va être compliqué.

- Dans notre famille, dit Enzo, nous faisons tout nous-mêmes. Personne n'est à notre service.

- Comme c'est curieux ! Votre famille est vraiment très étonnante. Il faut que je me renseigne sur cette famille Mamita...

Mais Anne ne comprend pas pourquoi Enzo et Emma rient tous les deux ! Ils lui disent « à bientôt » car ils savent bien qu'un autre dossier de Gaston concerne Anne de Bretagne...

## Chapitre 13

# Il faut bien rentrer !

Enzo et Emma vont voir Hugues et l'apothicaire pour leur dire au revoir et regardent autour d'eux pour ne pas oublier à quoi ressemblait la ville de Dinan à la fin du 15$^{e}$ siècle. Ça pourra toujours servir pour un exposé, pense Enzo.

- Gaston, on a résolu ton énigme. On veut rentrer ! dit Emma.

Enzo et Emma se tiennent bien par la main, Philou est blotti dans les bras d'Emma... Pendant quelques secondes, ils n'entendent plus rien, ne voient plus rien et ont même un peu la tremblote... Et hop, les voilà rentrés chez Mamita, et dans leur époque !

- Eh bien les enfants, ça fait plus d'une demi-heure que je vous cherche partout, dit Mamita, qui arrive dans le grenier. Qu'est-ce que vous faisiez ?

- Rien de spécial, Mamita, on imaginait la vie au Moyen Âge.

- Venez goûter, ça vous redonnera des forces.

- C'est vrai qu'on en a besoin, répond Emma en souriant.

- Demain, vous pourriez peut-être aller faire un petit tour au musée énigmatique du Savoir Universel.

- Bonne idée, Mamita, on a un truc à déposer là-bas !

FIN

... Jusqu'à la prochaine histoire qui nous emmènera dans une autre ville... à une autre époque !

Editions OUEST-FRANCE
Aix-en-Provence - Lille - Rennes

Éditeur Matthieu Biberon
Coordination éditoriale Lise Corlay
Conception et mise en page Studio des Éditions Ouest-France
Photogravure graph&ti, Cesson-Sévigné (35)
Impression Pollina, Luçon (85)


ISBN 978-2-7373-6015-2 • N° d'éditeur 7119.01.03.05.13
Dépôt légal : mai 2013
N° d impression : 13290
Imprimé en France
www.editionsouestfrance.fr